FAMILLE

DE MARIGNAN

5° SÉRIE IN-12.

LA FAMILLE

DE

MARIGNAN

PAR

M. LE VICOMTE EUGÈNE DE WALLINCOURT.

LIMOGES

EUGÈNE ARDANT et Cie, ÉDITEURS.

INTRODUCTION.

L'AN dernier, je fus appelé à Crécy, petite
ville de Seine-et-Marne, à l'occasion du comice
agricole qui s'y tenait pour la première fois.
J'avais assisté à une séance longue et fatigante,
et je m'apprêtais à sortir de la tente dressée sur
la promenade, lorsque je me sentis frapper sur
l'épaule. Je me retournai, et je ne fus pas peu
étonné de reconnaître un de mes anciens cama-
rades de collége que j'avais depuis rencontré
quelquefois dans le monde.

— Tiens, mon cher, me dit-il, je suis bien-
heureux de te rencontrer ; mais comment es-tu
ici ? es-tu donc mon voisin ?

— Non, lui répondis-je ; je suis venu pour

retrouver un de mes parents, qui habite du côté
de Nanteuil, et je n'ai vu personne.

—Eh bien! mon cher, me dit Raoule de Cessy,
je t'emmène avec moi à Cessy; tu vas passer
quelques jours avec nous.

J'adore la campagne, et comme par fatalité,
je suis obligé de passer les trois quarts de l'année à Paris. J'avais pris la clef des champs, et
je profitai de cette bonne invitation.

— Viens, nous allons rejoindre ma femme et
mes enfants; ils sont là-bas. Et il me désignait
l'extrémité du pont jeté sur la petite rivière du
Mocin, qui arrose Crécy.

Nous traversâmes donc le pont, non sans
peine, car il était encombré par une foule de
passants qui s'y arrêtaient pour se féliciter
mutuellement de leurs prix.

Dans la voiture se trouvait madame de Cessy
avec ses deux enfants : un jeune garçon de
quatorze à quinze ans, une petite fille de
treize ans.

Nous sortîmes promptement de Crécy et
longeâmes le Mocin, qui serpente dans la déli-
cieuse vallée de Subonne, dont le silence n'est
troublé que par le tic-tac d'un moulin que font
marcher ses eaux.

Bientôt, au détour de la route, je vis une
grande avenue de peupliers; la voiture y entra
et nous déposa dans la cour d'honneur d'un

vieux château Louis XIII, avec son grand corps
de logis et ses deux ailes flanquées de tourelles,
le tout fermé par des fossés pleins d'eau et par
une grille vrai chef-d'œuvre de serrurerie de
cette époque.

Nous descendîmes de voiture et nous entrâmes
dans un vestibule à deux issues, donnant l'une
sur la cour d'honneur, l'autre sur un magnifique
parc à la française, avec ses avenues de tilleuls
taillés en arcades.

Au nord du vestibule venait aboutir une longue galerie éclairée par de grandes fenêtres à
mille carreaux cerclés de plomb; au sud, une
grande salle de billard, suivie d'un petit et d'un
grand salon. Les pièces étaient meublées avec
tous ces vieux meubles qui font aujourd'hui la
fureur des gens riches, et que des milliers de
marchands viennent enlever aux châteaux de
nos provinces.

Autour du grand et du petit salon étaient ac-
crochés des portraits de la famille de Cessy.

Nous étions installés dans le grand salon,
lorsque le domestique vint dire :

— Madame est servie.

Madame de Cessy se leva et se tournant vers
Raoul, lui dit :

— Tu sais que nous avons toujours l'habitude
de conduire nos hôtes à la chapelle dès qu'ils
arrivent.

Elle ouvrit la porte du salon et nous entrâmes dans une chapelle bien simple où nous fîmes une courte prière.

Le dîner fut gai et copieux, mais prompt; car les deux enfants avaient la promesse de leur père de retourner à Crécy le soir, pour jouir de la vue du feu d'artifice. Mais un orage épouvantable vint déranger nos projets; il fallut bien se résigner.

Que faire!

— Contez-nous des histoires, papa, demandèrent les enfants.

— Mes bons amis, répondit M. de Cessy, j'ai épuisé mon répertoire; mais Monsieur — et il me désignait — va vous satisfaire.

— Oh! oui, Monsieur, nous vous en serons bien reconnaissants, me dirent les petits.

Je leur contai ce que je savais, durant mon trop court séjour à Cessy; mais comme ils m'ont fait promettre de leur envoyer cette histoire imprimée, j'ai voulu leur tenir ma parole.

Voici cette histoire.

LA
FAMILLE DE MARIGNAN.

CHAPITRE PREMIER.

M. DE SANTES EST FAIT PRISONNIER EN RUSSIE. — SA FEMME ET SES ENFANTS SE RETIRENT CHEZ M. DE MARIGNAN, MINISTRE D'ÉTAT DE S. M. NAPOLÉON Ier.

MADAME de Santes faisait ses derniers préparatifs pour un voyage qu'elle allait faire à la
campagne, lorsqu'elle vit entrer dans sa chambre Lucie, sa fille aînée, qui lui remit un paquet
en s'écriant :

— Sans doute ce sont des nouvelles de papa;
le timbre du ministère de la guerre est empreint
sur l'enveloppe. Voyez donc, ma bonne mère.
Toutefois, — remarqua-t-elle, — ce n'est pas
l'écriture de cher papa.

Et madame de Santes parcourait déjà des

1..

yeux la lettre que sa fille venait d'apporter, tandis que celle-ci, assise sur un tabouret aux pieds de sa mère, cherchait à démêler sur sa figure l'impression qu'y produisaient ces nouvelles si ardemment attendues et si vivement désirées.

Tout-à-coup le papier s'échappe de ses mains, et serrant convulsivement sa fille entre ses bras, elle s'écria avec l'accent du plus profond désespoir :

— Ah ! ma pauvre Lucie, nous ne partirons pas ; ton père... Puis, comme si un espoir prochain avait lui dans son âme, elle reprit avec plus de calme :

— Ma Lucie... ma chère enfant, un grand malheur nous menace. Ta jeunesse, ta piété pourront peut-être fléchir le ciel, tout n'est pas encore perdu pour nous. Appelle ton frère, et je vous dirai ce que contient cette lettre.

Anatole, conduit par Lucie, arriva presque aussitôt... de grosses larmes coulaient en abondance sur le visage doux et respectable de madame de Santes.

— Approchez, dit-elle à ses enfants, j'ai une triste confidence à vous faire, mes amis ; mais ayons confiance en Dieu, lui seul peut éloigner l'affreux danger qui menace votre père. Il est prisonnier, et en me l'annonçant, le ministre m'assure que mon mari sera un des premiers qui rentreront en France, si l'empereur de Russie accepte les offres qui lui sont faites; sinon, votre malheureux père fera partie des nombreux infortunés qu'on envoie dans les mines de la Sibérie. Mon Dieu, prenez pitié de lui et de nous!

La pauvre mère, dont la douleur exagérait sans doute les craintes, n'eut pas plus tôt achevé ces mots, que les deux enfants fondirent en larmes. Anatole se jeta au cou de sa mère, et en l'embrassant il lui dit d'une voix étouffée par les sanglots :

— Non, non, maman, notre bon père ne sera pas perdu pour nous; dût-on même prolonger son exil bien longtemps encore, le bon Dieu nous le rendra; oui, je suis sûr qu'il ne rejettera pas notre prière.

Madame de Santes, qui descendait d'une des premières familles de Flandre, qui avait autrefois possédé la seigneurie de Santes, près Lille, n'avait aucune fortune; sa seule ressource était le traitement de son mari, colonel des hussards de la garde. En apprenant cette triste nouvelle, elle résolut d'employer le crédit de quelques amis influents pour obtenir du gouvernement une faible pension en attendant le retour en France de son mari. Malheureusement elle acquit la triste certitude du peu de succès de ses démarches; tout ce qu'elle put obtenir, ce fut une bourse pour son fils au collége Napoléon. La personne qui s'était chargée de sa demande lui écrivit pour lui en faire connaître le résultat, en l'invitant à amener son fils à Paris, ajoutant que sa maison et ses gens seraient à son service tout le temps qu'elle serait obligée de rester dans la capitale.

M. le marquis de Marignan, car tel était le nom de l'ami dévoué de la famille dont il est question ici, habitait un des plus beaux hôtels de la rue de Varenne. Il avait de nombreux serviteurs et de magnifiques voitures ; son équipage de chasse pouvait seul être comparé à la vénerie impériale, dont il était, comme grand-veneur, le souverain maître. Sa fortune était considérable ; cependant son luxe et son opulence n'étaient nullement en rapport avec ses goûts ; homme d'étude, doué de grandes facultés pour l'administration, son mérite l'avait conduit au poste éminent de ministre d'Etat. Marié depuis quinze ans, il avait deux filles dont l'avenir le préoccupait vivement, et il pensait souvent avec peine au triste sort qui leur était réservé si elles venaient à le perdre avant leur établissement. Sa femme, d'une santé délicate, ne pouvait guère s'occuper de tous les détails de la maison ; elle aimait l'ordre et l'économie, mais sa mauvaise santé ne lui permettait pas de veiller elle-même à tout. C'était déjà beaucoup pour une personne d'une aussi faible complexion d'assister aux grandes réceptions auxquelles la place de son mari la contraignait à certains jours de la semaine.

Ses deux filles, Pauline et Eugénie, étaient confiées à la direction de gouvernantes plus ou moins entendues ; celles-ci, découragées par le peu de soins et d'égards que les gens de la maison avaient pour elles, en sortaient presque aussitôt après y être entrées. Elles laissaient à leurs jeunes élèves des défauts qui, repris de bonne heure, eussent été faciles à corriger, et qui, négligés, s'étaient accrus et enracinés de manière à choquer et à inquiéter leurs parents.

C'est dans cet état de choses que madame de Santes arriva chez ses amis avec Lucie sa fille, âgée de quinze ans, et Anatole son fils, qui venait d'entrer dans sa dixième année.

M. et madame de Marignan ne tardèrent pas à apprécier le mérite et les brillantes qualités de leur amie et de ses jeunes enfants. Malgré la triste position qui les avait contraints à venir habiter Paris, tous étaient aimables, gais et prévenants pour tout le monde. Les domestiques, qui trop souvent ne s'acquittent avec empressement de leurs devoirs qu'auprès de ceux qui peuvent les en récompenser, se disputaient le droit de se présenter dans l'appartement de madame de Santes pour la servir et prendre ses

ordres. On eût dit, en voyant ces trois personnes
réunies, qu'elles étaient venues pour apporter le
bonheur et non pour réclamer un service de
ceux chez lesquels elles recevaient une si géné-
reuse hospitalité.

Considérons cependant que de causes de tris-
tesse devaient accabler le cœur de cette malheureuse mère. A l'affreuse inquiétude qui la
minait, à l'ignorance où elle vivait du sort de
son mari, se joignait l'embarras de son existence
compromise. Si le sort de son fils semblait être
momentanément assuré, en revanche l'éducation de sa fille n'était point achevée ; et enfin
elle-même qu'allait-elle devenir ? A cela elle
n'opposait que la prière, l'amie des chrétiens.
Elle souffrait comme souffrent les femmes, elle
pleurait en silence sans jamais se plaindre, puis
elle se relevait forte, car elle était pleine de
confiance en Dieu, ce Dieu si bon qui lui disait
dans le beau livre de consolation des âmes en
peine, l'*Imitation* : « Je suis descendu du ciel
pour votre salut, je me suis revêtu de vos misères, non par nécessité, mais par l'amour qui
m'y portait, afin de vous apprendre à être pa-
tient et à supporter sans murmure les misères
de votre vie.

» Car depuis le moment de ma naissance
jusqu'à ma mort sur la croix, je n'ai point cessé
de souffrir quelque douleur. »

Puis elle tombait à genoux et disait :

Faites, ô mon Dieu, que votre patience à tout souffrir soit mon modèle et le principe de ma patience ; faites-moi la grâce de recevoir toutes les afflictions qu'il vous plaira de m'envoyer, de les supporter avec joie, afin d'être digne un jour de votre gloire éternelle.

Elle résolut de chercher un emploi qui les mît elle et sa fille à l'abri du besoin ; elle pensa d'abord à s'offrir comme sous-maîtresse dans une bonne pension. En effet, en entrant dans un des grands établissements de Paris, Lucie pourrait y être pensionnaire, finir son éducation et perfectionner son talent sur le piano, talent dont elle aurait besoin peut-être, un jour, de tirer parti. D'un autre côté, par la protection du marquis de Marignan, ne pourrait-elle pas être présentée et reçue comme dame de Saint-Denis, et Lucie comme pensionnaire... Elle s'attacha si fortement à cette dernière pensée, que quinze jours après son arrivée chez ses amis, ayant installé son fils au lycée Napoléon, elle se décida à leur faire part de ses projets. Le jour qu'elle avait fixé pour ouvrir son cœur à madame de Marignan, celle-ci, après déjeuner, la pria de passer avec elle dans son boudoir ; là, lui prenant les mains, elle lui dit avec un peu d'embarras, mais de l'air le plus affectueux :

— Ma bonne amie, j'ai une demande à vous

faire : promettez-moi que vous répondrez fran-
chement à toutes mes questions. D'abord, maintenant qu'Anatole est au collége, que comptez-
vous faire? Si rien ne nécessite votre retour en
province, voulez-vous passer le reste de l'été
avec nous à la campagne? Mes deux petites se
sont déjà tellement attachées à votre charmante
Lucie, qu'elles ne veulent plus la quitter; cette
affection que mes enfants lui portent, ainsi qu'à
vous, m'a suggéré une idée qui ferait le bonheur de tous et le charme de ma vie. Il ne s'agit
de rien moins, chère amie, que de consentir à
servir de seconde mère à mes petites filles. Si
notre intérieur ne vous déplaît pas, je vous supplie d'accéder à ma proposition, et de rester
avec nous jusqu'au moment où votre mari ren-
trera en France. De plus, je veux me charger
de terminer l'éducation de Lucie. Elle aura les
mêmes maîtres que mes filles, je le veux absolu-
ment. Quant à vous, ma bonne amie, je con-
nais toute l'étendue du sacrifice que vous me
ferez, et celle de mes obligations si vous voulez
bien accepter cette tâche. Vous avez pu juger
déjà des mauvaises manières que Pauline et
Eugénie ont contractées avec des gouvernantes qui ne veulent pas comprendre la partie la
plus essentielle de leurs devoirs. Mes filles,
avec d'aimables caractères naturels, ont pris
de fâcheuses habitudes. Ma santé est si mauvaise

que je crains à chaque instant d'être enlevée à ma famille, et alors que deviendraient des jeunes personnes jetées, sans expérience, dans un monde où des adulateurs intéressés les entoureraient d'hommages qui seraient le payement d'une place, d'une grâce obtenue par le crédit de leur père... En vous confiant ce précieux trésor, je serai pour toujours rassurée.

Madame de Santes remercia dans les termes de la plus vive reconnaissance l'excellente amie qui lui faisait une proposition qui s'accordait si bien avec ses besoins actuels. Elle accepta, et les affectueuses tendresses de madame de Marignan furent le gage de leur union.

Quelques jours après cet entretien, la famille de Marignan partit pour Neuilly, où elle devait passer quatre mois de la belle saison. La proximité de Paris et de Neuilly avait fait choisir ce village de préférence à tout autre, elle facilitait au ministre de fréquentes apparitions au château. C'était la première année que ces dames habitaient cette campagne, et la première aussi où ces demoiselles devaient recevoir des leçons d'une personne sage et éclairée qui voulait sincèrement s'occuper d'une éducation à peine commencée.

Les premières matinées qui s'écoulèrent depuis leur arrivée se passèrent en fêtes et en divertissements champêtres; à chaque réveil ces demoiselles créaient de nouveaux plaisirs que chacun s'empressait de satisfaire. Un de ceux qui les amusaient davantage était d'aller à âne dans le bois de Boulogne. Bien qu'elles ne fussent pas très habiles dans ce genre d'exercice, c'était pour elles une joie sans pareille.

Un matin que le temps menaçait, madame de Santes leur objecta en vain que l'orage de la veille et celui qui s'annonçait devaient les empêcher de se hasarder dans une semblable excursion. Les demoiselles avaient peu l'habitude d'être contrariées; leur bonne amie, — commé elles l'appelaient, — consentit, désireuse, pour établir son autorité, de leur opposer des exemples.

Madame de Santes voulait régner par la douceur et la raison sur le cœur de ses jeunes élèves, et attendre du temps et de ses bons soins l'amélioration de leur caractère. Elle consentit, et l'on fut bientôt dans le bois de Boulogne.

CHAPITRE II.

PROMENADE AU BOIS DE BOULOGNE.

Arrêtons-nous un instant pour faire connaître à nos jeunes lecteurs le caractère des filles du marquis de Marignan. Pauline, avec un caractère doux et aimable, était d'une paresse effrayante et d'une désobéissance peu ordinaire, ne voulant point travailler ni remplir ses devoirs. Il n'y avait pas de gentillesses qu'elle n'imaginât près de ses maîtres pour obtenir des congés. Ceux-ci, qui, jusqu'à l'arrivée de madame de Santes, n'étaient point surveillés par des personnes entendues, et qui n'en recevaient pas moins leur salaire à la fin de chaque mois, s'en retournaient les trois quarts du temps après avoir lu les journaux que Pauline, à dessein,

mettait sur la table où elle devait écrire. Il était
pourtant plus que temps de s'occuper de son
éducation, car l'année suivante elle devait faire
sa première communion, elle aurait alors douze
ans. Quant à Eugénie, qui avait à peine dix ans,
elle annonçait de grandes dispositions pour
l'étude, et se trouvait entraînée par sa sœur et
gâtait ainsi les moyens dont elle était remplie.

Le jour de la promenade en question, on les
entendait jaboter ensemble de leur lit, se pro-
mettant de bien employer jusqu'au dîner les
heures qu'elles devaient passer au bois. Elles
auraient bien désiré posséder Lucie pour leur
promenade ; mais pour cela il eût fallu la faire
renoncer à une leçon de piano que venait lui
donner auprès de Paris un grand professeur.
Elle savait combien son temps était précieux,
et résista courageusement à toutes les plus
pressantes invitations de ses petites amies, et
cela malgré le désir bien naturel qu'elle éprouvait d'accompagner sa mère et de se livrer à
quelques distractions de son âge.

A peine la petite caravane s'était-elle éloignée
que Lucie était déjà au piano, exécutant une
fantaisie que la veille elle avait fort habilement
déchiffrée. Quant aux petites de Marignan, une
fois mises sur leur selle à l'anglaise, elles ou-
blièrent bien vite qu'elles laissaient leur compagne à la maison. Le loueur d'ânes était chargé

de se tenir près des animaux pour les diriger dans leur route, un domestique de la maison veillait tantôt à l'une, tantôt à l'autre de ses petites maîtresses, pour s'assurer qu'elles ne glisseraient pas de dessus leur monture. Venait ensuite, dans la calèche qui les avait amenées, madame de Santes regardant attentivement ce qui se passait.

D'abord tout alla bien; mais à peine avait-on fait une demi-lieue en bon ordre que ces demoiselles se lassèrent de l'uniformité du chemin; elles voulurent s'enfoncer dans de petits sentiers « bien plus pittoresques, » disaient-elles. Cependant comment le proposer à cette bonne madame de Santes, qui serait obligée, pour suivre ses élèves, d'aller à pied; impossible de faire aller la voiture dans des chemins si étroits et remplis d'ornières. Eugénie proposa une halte pour attendre la voiture qui les suivait de près.

— Madame, s'écrièrent à la fois les deux petites filles, voulez-vous nous confier à Monsieur, en montrant le possesseur des chétifs coursiers, nous quitterons ce chemin, et nous reviendrons dans un quart d'heure?

— Impossible, mes chères petites, que je vous laisse seules pendant cet espace de temps. J'allais vous proposer au contraire de retourner au château, car le temps est orageux, et certainement nous allons avoir de la pluie.

— Il est comme cela depuis ce matin, reprit Eugénie, qui avait toujours du courage à sa disposition quand il s'agissait d'une entreprise périlleuse ; voyez-vous bien, Madame, qu'en passant par ce petit chemin, nous arriverons plus vite à la chaumière de ma nourrice, et nous y déjeunerons ; cela lui fera bien plaisir.

— Une autre fois, Eugénie, répondit madame de Santes, je te promets de t'y conduire ; aujourd'hui cela ne serait réellement pas prudent ; et puis votre père vient de bonne heure à Neuilly, il ne serait pas content s'il ne vous trouvait pas là pour le recevoir. Ensuite vous n'aviez pas l'intention de faire cette visite en sortant ce matin, et vous savez qu'on ne peut guère aller chez une pauvre femme sans lui porter quelque chose.

Des objections aussi sages n'arrêtèrent pas nos petites filles : des larmes, des sanglots même poussés avec désespoir finirent par attendrir la bonne madame de Santes, qui n'ayant rien vu de semblable chez ces enfants durant tout le cours de leur éducation, était fort affligée de cette scène qui avait déjà attiré quelques passants.

Elle descendit donc de voiture et suivit Pau-

line et Eugénie, qui eurent bientôt repris toute
leur belle humeur.

— Mais, bonne amie, laissez-moi vous donner ce nom, dit Pauline, vous allez être bien
fatiguée; prenez mon âne, prenez, cela me fera
grand bien de marcher un peu.

— Je ne suis pas habituée à cette monture,
chère petite, reprit madame de Santes; s'il n'y
a, comme vous le dites, que pour un quart
d'heure de marche, je pense pouvoir me rendre
sans peine chez votre nourrice.

En parlant ainsi, on allait toujours; mais plus
la route était ombragée, et moins le soleil du
matin avait pu sécher la boue de l'orage de la
veille. Les ânes s'arrêtaient à toute minute,
tandis que les piétons cherchaient aussi à avancer. On aurait poursuivi la promenade malgré
tous ces inconvénients, si un éclair assez violent
n'était venu tout-à-coup effrayer la plus poltronne de la bande. Pauline demanda à retourner, mais elles n'atteignirent que bien lentement
et à grand'peine l'endroit où la voiture était restée avec le domestique.

CHAPITRE III.

LE PETIT MARCHAND DE STATUETTES.

Jusque-là le tonnerre avait grondé plusieurs fois avec force, et tout présageait un de ces violents orages qui s'amoncèlent quelquefois sur le bois de Boulogne ; la pluie qui tombait à larges gouttes traversait déjà le léger costume de ces trois dames. La pluie tomba plus fort, et on ne distingua bientôt plus les objets qu'à travers un immense voile. Mais à toutes ces tribulations vint s'en joindre une autre : sorties du sentier, ces dames ne virent plus ni voiture ni domestique. On crut s'être trompé de chemin ; mais la lueur des éclairs montra qu'on était bien revenu sur la grande route. Que faire ? Madame de Santes aperçut une petite bâtisse commencée qu'elle avait remarquée en descendant de voiture, et qui devait être le lieu du rendez-vous. D'abord la pauvre femme espéra qu'en envoyant le valet de pied un peu en avant il trouverait sans doute Pierre sous quelque abri avec ses chevaux ; mais toutes les recherches furent inutiles. Les dames se réfugièrent dans la petite maison, qui se composait de quatre murs et d'un toit ; la maçonnerie était seule terminée. Il y avait cependant une table au milieu de la seule pièce que contenait la maisonnette. Le vent entrait par de larges ouvertures destinées, sans doute, à faire des croisées. Les enfants gardaient un morne silence que madame de Santes interrompit pour leur faire sentir avec calme et douceur tout ce que leur conduite avait causé, dans cette malheureuse journée, à elles d'inquiétudes et de fatigues, à leur mère d'anxiété, et à leur institutrice de véritable chagrin.

A peine madame de Santes achevait-elle sa petite allocution qu'un affreux craquement de la foudre, qui semblait être tombée tout près d'elle, l'empêcha de continuer. Presque aussitôt des pleurs se firent entendre au-dehors, le domestique courut alors vers le lieu d'où ils semblaient partir. Immédiatement il rentra tenant à la main un jeune homme qui ne paraissait rien

voir de ce qui se passait autour de lui ; il·sem-
blait n'éprouver aucune sensation.

— Tenez, Mesdames, dit le valet de pied,
prenez sous votre protection cet enfant, peut-
être parviendrez-vous à tirer de lui quelques
mots ; quant à moi, je vais voir si toutes les
petites statues qu'il portait sur la tête sont bri-
sées. C'est son gagne-pain, et si la pluie n'a pas
délayé tous ces bonshommes de plâtre, en les
revoyant il reprendra peut-être courage, et la
parole lui reviendra.

En disant cela, il courut vers la porte, laissant
le petit marchand avec ces dames, qui ne com-
prenaient encore rien à ce qui venait de se passer. Le jeune garçon, qu'on avait assis sur la
table, paraissait âgé d'environ quinze ans ; son
costume déguenillé prouvait qu'il appartenait à
la classe indigente ; et sa figure maigre, mais
intéressante, portait l'empreinte de la souf-
france et de la misère.

— Mon petit ami, dit madame de Santes, en
s'adressant au nouvel arrivé, si vous étiez in-
quiet de votre boutique, la voici sur la tête de
celui qui vous a le premier secouru ; si j'en juge
au premier aspect, il y a encore bien des objets
dont vous pouvez tirer parti.

En ce moment le petit marchand sembla
remis de sa première frayeur, et il tendit les
mains au domestique comme pour le remercier

de ce qu'il venait de faire pour lui. Il voulut
descendre de la table où il était assis ; mais au
premier mouvement qu'il fit pour cela, il se
serait jeté infailliblement à terre si Eugénie, qui
ne le quittait pas des yeux depuis son arrivée,
ne l'eût de la main et du geste empêché de
quitter son siége.

— Oh! doux Jésus! s'écria le jeune garçon en
joignant les mains, je crois que j'ai les reins
cassés. Que va devenir ma pauvre mère, si je ne
puis plus marcher ; qui vendra ma marchan-
dise, et comment existerons-nous sans cela!
Voyez, mademoiselle, toutes mes petites statues
sont abîmées.

— Sans compter, mon pauvre ami, reprit
tristement le domestique, qui tenait toujours la
petite boutique dans ses mains, que je n'ai pu
sauver que cela du naufrage. Tiens, il ne te
reste plus que cette statue de Napoléon, encore
est-elle un peu écornée ; le reste est en mor-
ceaux.

— Bah! s'écria l'enfant, sans papa, je n'en
aurais pas pris aujourd'hui d'empereur ; mais
c'est un vieux soldat de la garde, il moule des
milliers de Napoléon, il aime tant son général.
Moi aussi je l'aime bien l'Empereur, et si je
n'avais pas mes vieux parents à soutenir, j'irais
avec mon frère le servir. Eh! mon Dieu, je se-

rais peut-être seul, car mon frère est peut-être
aujourd'hui prisonnier.

Le mot de prisonnier frappa madame de
Santes, il ravivait toute sa douleur, et de grosses
larmes roulèrent dans ses yeux. Elle chercha à
se remettre promptement de son trouble, et
tourna ses regards avec bonté sur celui qui avait
causé son émotion. Elle le supplia de lui donner
quelques détails sur sa position.

— Qui es-tu, mon cher enfant? si tu veux
nous raconter ton histoire, cela nous fera ou-
blier le fâcheux contre-temps qui nous retient
ici.

— Ce que j'ai à vous dire, Mesdames, n'est
pas bien amusant, reprit le pauvre enfant; des
belles dames comme vous ne comprendront
pas tout l'affreux d'un accident comme celui qui
m'arrive maintenant. Si je reste estropié de ma
chute, ma pauvre mère aura deux invalides à
soigner; et pour peu que mon frère aîné reçoive
en Autriche autant de blessures que mon père
en eut dans ses campagnes, il n'y en aura pas
un seul à la maison qui soit en état de soutenir
l'autre.

— Tu as donc un frère dans la grande armée?
reprit madame de Santes avec intérêt.

— Et dont on n'a pas de nouvelles, Madame;
ils crient tous à la maison qu'il est peut-être
prisonnier des Autrichiens. Je n'ai pas dit cela

chez nous, car mon père et ma mère seraient peut-être morts de chagrin. C'est un si bon fils que Jacques, que je ne pourrai pas le remplacer. Voyez-vous, Madame, il était simple soldat dans un régiment, son colonel l'a pris à son service lorsqu'il est parti de France ; aujourd'hui il est sous-officier. C'est ce qui s'appelle faire son chemin, n'est-il pas vrai ?

— Dans quel régiment est-il ? demanda vivement madame de Santes, dont l'attention redoublait visiblement.

— Vraiment, je serais bien embarrassé de vous le dire, Madame, je n'y ai jamais fait attention ; je sais seulement le nom de son chef, parce que quand il est venu en congé à la maison, il a dit à papa qu'il était bien traité par..... la famille du colonel l'aimait aussi beaucoup... Bon Dieu ! le nom m'échappe ; il commence par S..... San...

— Ciel ! s'écria madame de Santes, que ces dernières paroles venaient d'éclairer entièrement, tu t'appelles Joseph Despel, et ton frère était avec nous à Cambrai quand mon mari a reçu l'ordre de rejoindre l'armée. Sans doute ton frère aurait encore suivi le triste sort des combattants de mon mari... Va, mon enfant, je ne t'abandonnerai pas, ni toi ni tes parents... Mais, hélas ! j'oubliais que ma triste situation ne me mettait plus à même de secourir les malheureux. Cependant, si ma faible voix peut encore intéresser quelques âmes sensibles, sois sûr, mon cher Joseph, que ton frère ne restera pas dans le besoin. Puis, quand la guerre sera finie, l'Empereur aura soin de vous; il est si bon, il aime tant ses soldats!

En ce moment, le bruit d'une voiture qui passait devant la maisonnette appela les regards de ceux qui s'y étaient réfugiés.

— Courez bien vite, courez, dit madame de Santes au domestique... c'est le cocher qui s'en retourne au château.

Les ouvertures de la petite maison étaient fort grandes, et Pierre avait pu distinguer ses petites maîtresses, il retourna ses chevaux et vint les chercher. Comme nous l'avions pensé, il croyait que ces dames, une fois arrivées chez la nourrice, y seraient restées pendant l'orage. Ne pouvant laisser ses chevaux à la pluie, il avait été contraint de remiser dans un cabaret qu'il savait être sur la grand'route.

Madame de Santes voulut emmener dans sa voiture le pauvre Joseph. qui se ressentait de plus en plus des souffrances de sa chute; elle le fit asseoir à côté d'elle, et le domestique se préparait à fermer la portière, lorsqu'on s'aperçut que Pauline n'était pas montée avec les autres. La pauvre petite poltronne était restée seule étrangère à tout ce qui se passait autour d'elle dans la petite maison; blottie dans un coin dès l'instant de son arrivée, elle avait mis ses doigts dans ses oreilles pour ne point entendre le fracas du tonnerre, tandis que ses yeux, hermétiquement fermés, lui interceptaient ainsi la vue des éclairs.

Elle fut fort étonnée de voir les préparatifs d'un retour, et bien plus encore du jeune étranger qui avait pris place dans la voiture auprès de madame de Santes. Dans toute autre circonstance sa sœur se serait bien moquée d'elle et de toutes ses frayeurs; mais la présence de Joseph coupa court à tous ses petits sarcasmes; elle se contenta de jeter un coup d'œil malin sur Pauline, en lui disant :

— Pendant que tu sommeillais, chère sœur, nous avons fait une recrue. Mais apprenez-nous à présent, monsieur Joseph, comment vous avez jeté votre petite boutique à terre? Où alliez-vous donc chargé de la sorte par un si mauvais temps ?

— A Nanterre, répondit-il; le bon Dieu m'a bien puni de ma désobéissance, et le tonnerre m'a renversé moi et mes petites statues.

— Comment cela? dit Eugénie, dont la curiosité était de plus en plus excitée.

— Voyez-vous bien, mademoiselle, il n'est jamais bon de résister à ses parents, même quand on croit avoir plus raison qu'eux. En cal-

culant les besoins de la maison, je me suis en-
têté malgré mon père à me mettre en route ce
matin. Il prévoyait bien l'orage pour aujour-
d'hui, et il ne voulait pas que je partisse; il
criait : «Joseph, tu dois bien te conserver pour
ta mère et pour moi, mon pauvre fils! qui m'ai-
derait à fabriquer nos petites statues de plâtre
s'il t'arrivait quelque chose; qui irait dans les
villages environnants pour vendre notre mar-
chandise? D'ici que ton frère soit revenu, nous
n'aurons que cela pour toute ressource, encore
nous manque-t-elle quelquefois, moi étant souvent malade. Un jour de plus ou de moins ne
fait pas grand'chose, mon ami ; demain tu par-
tiras de bonne heure, et tu rattraperas le temps
perdu. » Mais je savais que c'était aujourd'hui
la foire de Nanterre, et j'espérais faire de
bonnes affaires.

— Pauvre jeune homme! soupira madame de
Santes.

— Papa, lui répondis-je, il ne nous reste
plus qu'une livre de pain et un petit morceau
de fromage que notre bonne voisine a donné à
maman. Hier dimanche nous avons fait maigre
chère, car il ne restait plus d'argent à la maison : il faut que j'en aille gagner. Quand il a vu
que j'avais l'air de n'en vouloir faire qu'à ma
tête. il m'a dit : « Eh bien! contente-toi de sor
tir de Paris, tu trouveras peut-être à vendre

quelque chose. » Mais j'ai pris le chemin de notre village, pensant bien qu'à la fête je n'y serais pas longtemps sans trouver des chalands; on nous y aime et nous protége. Mais quand ie vais rentrer sans boutique et sans argent...

Et l'enfant se mit à pleurer.

— Bon Dieu! que vais-je devenir? j'ai toujours mal aux reins... mais je dirai toute la vérité, et peut-être papa ne me grondera-t-il pas.

— Il est donc bien sévère, ton vieux soldat de père, reprirent en même temps Pauline et Eugénie. Puisque tu voulais désobéir pour lui rapporter plus d'argent, je ne vois pas ce qu'il y a de blâmable là-dedans.

— Tenez, mes bonnes petites demoiselles, continua Joseph d'un air chagrin, nos pères et mères ont bien plus d'expérience que nous, et nous avons bien tort lorsque nous ne les écoutons pas.

Les deux personnes à qui ce discours s'adressait venaient de baisser les yeux aux dernières paroles du petit marchand. Elles étaient punies aussi, et elles sentaient en ce moment la honte la plus vive d'être instruites par les paroles d'un enfant dont l'éducation leur semblait en tout point au-dessous de la leur.

Madame de Santes, qui n'était point fâchée qu'elles se corrigeassent par leur propre expérience, ne voulait pas cependant laisser durer plus longtemps leur embarras. Dès qu'elle pensa que la leçon avait été suffisamment sentie par ses élèves, elle rompit un silence que personne n'osait interrompre, tant les unes se sentaient honteuses devant leur institutrice (je n'hésite pas à donner ce nom à madame de Santes, il ne fait qu'honorer celles qui savent le porter dignement), tant l'autre était accablé sous le poids des tristes réflexions que toutes ses infortunes lui suggéraient.

— Joseph, tu as encore un moyen de réparer ta faute, il n'est pas trop tard, et en rentrant à Paris tu pourras y vendre ce qui te reste de ta boutique; comme cela, tu ne seras pas obligé de dire l'accident qui t'est survenu.

— Hélas! Madame, reprit aussitôt le jeune Despel, j'y avais bien déjà pensé; mais à présent je ne saurais courir avec mes souliers... Jésus! que cet accident arrive dans un mauvais moment, j'en vois les trop fâcheuses conséquences... et ce pauvre Jacques qui ne nous écrit pas... s'il avait été fait prisonnier!

—Mon enfant, reprit madame de Santes d'une voix où l'on distinguait l'émotion qu'elle éprouvait, ton frère peut être prisonnier et n'être pas perdu pour toi, sois-en sûr; et n'ai-je pas les mêmes amertumes de pensées et des appréhensions peut-être encore plus vives sur le sort de

mon mari? et cependant ma confiance en Dieu,
qui n'oublie jamais ses créatures, me soutient
encore au milieu de mes chagrins. Sois sûr que
si j'obtiens l'échange de M. de Santes, son fidèle
Jacques ne sera pas non plus oublié. N'est-ce
pas lui qui a sauvé la vie de mon mari, laissé
pour mort sur le champ de bataille? Il aurait
été écrasé sous les pieds de la cavalerie enne-
mie, sans l'intrépidité de ton frère, qui brava
tous les dangers pour le secourir.

— Il ne nous a jamais raconté cela, Madame.
Au surplus, Jacques ne parle jamais de lui : il
est si modeste et si doux! C'est encore à sa générosité que nous devons la maison où vous
vous trouviez tout à l'heure.

— Mais, reprit Eugénie, elle ne me semble
pas fort complète, votre habitation.

— Il est vrai, mademoiselle; mais ce sont ses
économies qu'il envoie tous les mois à papa qu.
servent à la bâtir, et comme voilà déjà quelque
temps qu'il n'a pu faire passer son argent, on a
congédié les ouvriers la semaine dernière. Les
menuisiers devaient en terminer l'intérieur pour
la Toussaint, si on avait eu de quoi les payer.
Il y aurait bien de quoi nous loger commodé-
ment si elle était tout-à-fait terminée. Elle est
sur la route du village de la bonne sainte Gene-
viève, celui de ma mère aussi, Nanterre ..

— Nous ne sommes donc pas bien loin de Nanterre? interrompit Pauline.

— Ce n'est pas bien loin, mademoiselle, encore dix minutes et vous apercevrez le clocher de la paroisse de la bonne patronne de Paris; c'est là où ma mère a fait sa première communion. A dix-huit ans elle était tellement avantageusement connue dans son endroit, qu'elle fut nommée rosière. Oh! c'est une bien belle cérémonie, Mesdames, que le couronnement d'une rosière! C'est le jour de la Pentecôte que la fête a lieu. Le jour où maman a été proclamée la plus sage, le curé lui a fait don d'un arpent de terre qui lui appartenait; mon père l'a épousée quelques années après, et depuis mon frère a voulu qu'elle possédât sur ce terrain un abri pour ses vieux jours; une inscription en perpétuera le souvenir pour ses petits-enfants.

Cette histoire avait tant d'attraits pour notre jeune auditoire, et Joseph, par son récit naïf, avait tellement captivé son attention, que l'on était arrivé au bout de l'avenue du château sans s'apercevoir que la voiture s'était arrêtée.

CHAPITRE IV.

OÙ L'ON VOIT LE BON CŒUR DES DEMOISELLES DE MARIGNAN.

LA pauvre madame de Marignan attendait ses filles avec la plus grande anxiété ; son inquiétude avait même été si violente pendant l'orage, que son mari revenant de Paris lui avait proposé de monter à cheval pour aller à leur rencontre. L'un et l'autre, étonnés du retard de leurs enfants, s'apprêtaient à partir lorsque madame de Santes rentra.

Lucie, qui était accourue au bruit de la calèche, se précipita dans les bras de sa mère, qui la couvrit de ses baisers.

3

— Comme vous êtes abîmée, chère mère ! venez dans votre chambre pour changer de vêtement. Pourquoi donc n'êtes-vous pas rentrée plus tôt ? vous allez être enrhumée.

Un léger signe des yeux suffit à madame de Santes pour faire comprendre à sa fille qu'elle ne devait pas pousser plus loin ses questions ; puis portant tout-à-coup ses regards vers Joseph, que le domestique tenait par le bras, elle le présenta à monsieur et à madame de Marignan, en leur demandant pour lui leur bienveillance.

— Et quel est ce jeune homme ? demanda monsieur de Marignan d'un air de bonté qui encouragea le pauvre garçon à avancer.

— Un intéressant enfant dont j'ai beaucoup connu et aimé le frère, dit madame de Santes en lui prenant la main.

— Eh bien ! puisque tu es le protégé de Madame, sois le bien-venu parmi nous ; et n'importe ce qui t'amène ici, ajouta monsieur de Marignan, tu trouveras dans ma maison assistance et cordialité.

Joseph était trop intimidé et trop interdit pour répondre ; d'ailleurs il était si occupé de ses parents, qu'il eût bien voulu demander qu'on ne le retînt pas trop longtemps au château.

Le domestique qui l'avait déjà secouru, et qui le soutenait encore sous le bras, demanda à son maître la permission de l'emmener avec lui.

— Car, Monsieur, ajouta-t-il, doit voir que
ce pauvre enfant est mouillé, et comme il a la
même taille que moi, je vais lui prêter mes ha-
bits pendant que les siens vont sécher au feu de
la cuisine.

— Tout le monde fera sagement, je pense,
dit en en même temps madame de Marignan, de
remonter chez soi pour changer de vêtements.
Voici l'heure du dîner qui approche ; nous atten-
dons du monde de Paris : si ces dames veulent
bien se dépêcher de faire leur toilette, je crois
qu'il serait plus que temps de la commencer.

A cette invitation chacun prit le chemin de
son appartement ; madame de Santes s'appuya
sur le bras de sa fille, tandis que ses élèves se
dirigeaient vers leurs chambres.

— Tenez, bonne mère, dit Lucie aussitôt
qu'elle eut fermé sa porte, tenez, voici une lettre
qui vous récompensera de toutes vos fatigues
d'aujourd'hui. Mon frère m'en a écrit une aussi.

Madame de Santes lut avec avidité les nouvelles que lui donnait son fils. Son bulletin tri-
mestriel était excellent pour toutes les facultés :
thème, version, orthographe, dessin et anglais.
Le proviseur du lycée avait mis au bas une note
de sa main dans laquelle il annonçait toute sa
satisfaction et les espérances qu'il concevait
déjà sur le jeune élève. De son côté, le pauvre
enfant assurait sa mère du désir qu'il avait de

la contenter de plus en plus, en employant avec conscience ses années d'études. Il voulait, disait-il, dédommager sa mère de tous les sacrifi· ces qu'elle avait faits pour ses enfants.

— Hélas ! dit madame de Santes en refermant sa lettre, ce ne sont pas des sacrifices pénibles que ceux qui m'ont fait prendre un parti nécessaire pour remplacer votre pauvre père ! La satisfaction que l'un et l'autre vous me donnez par votre conduite, mes chers enfants, est une assez grande récompense pour moi ; vous soutenez mon courage par votre vertu. Continuez toujours à vous distinguer et à contenter vos maîtres, la Providence est le secours des affligés, ayons confiance. Notre épreuve est cruelle sans doute ; mais Dieu avait ses vues en nous privant de notre unique soutien. Mais regardons plus bas que nous ; vois, ma bonne Lucie, ce jeune homme que j'ai ramené : te rappelles-tu de Jacques Despel ?

—Sans doute, maman ; il était si complaisant pour moi et mon frère, vous nous confiiez souvent à lui quand nous étions petits.... Mais vous êtes émue.... lui serait-il arrivé quelque chose dans cette désastreuse campagne ?....

Quelques petits coups donnés dans la porte, suivis des mots : Peut-on entrer ? arrêtèrent la conversation de la mère et de la fille.

— Qui est là? demanda madame de Santes; je suis à ma toilette.

— C'est moi, répondit-on de dehors; pardon, Madame, j'aurais bien voulu vous parler.

— Ah! c'est toi, Joseph? en ce cas, entre; je puis te recevoir à présent.

— Madame, je voulais vous voir et vous remercier avant de retourner à Paris. Grâce à vous, on vient de m'accabler de prévenances de tout genre. Depuis que je suis entré dans cette maison, le Monsieur à qui vous m'avez présenté en descendant de voiture est venu lui-même me trouver pendant que j'étais à la cuisine, il a voulu savoir quels étaient mes parents, et comme il a vu que je pouvais à peine me traîner, il a ordonné qu'on me reconduisît à la maison en voiture. Il m'a fait servir à manger. Maintenant je n'ai plus qu'à vous témoigner toute ma reconnaissance. Mais avant de vous quitter, ma bonne dame, veuillez m'accorder une grâce : je vous en prie, venez voir mes parents; ils seraient si honorés de votre visite, ils aiment tant monsieur le colonel!

— Très volontiers, mon cher Joseph; mais as-tu dit à M. de Marignan l'accident qui t'avait fait perdre tes ressources momentanées d'existence?

— Oh! pour cela, non, Madame; cela n'aurait pas intéressé ce bon Monsieur; et d'ailleurs quel remède aurait-il trouvé pour un événement irréparable? Mon plus grand chagrin maintenant n'est pas tant d'avoir la poche vide que l'inquiétude et l'étonnement où va être ma mère en me voyant revenir dans un bel équipage, d'où je ne descendrai qu'avec bien de la peine.

— Si ce sont là tes seules craintes, Joseph, ma chère Lucie va aller avec toi et descendra la première pour préparer ta mère à te revoir un peu clopin-clopant; car il n'en sera que cela de ta chute, sois-en bien persuadé, mon cher enfant. Je t'aurais bien conduit moi-même, mais je suis obligée d'assister au grand dîner que donne aujourd'hui M. de Marignan... Je m'occuperai de ton frère, et j'irai vers tes parents.

— Que vous êtes bonne, Madame! Mais si vous avez quelque fâcheuse nouvelle sur le sort de Jacques, ne le dites pas à mon père; il est si vieux que ce serait le coup de mort pour lui...

— Mais où êtes-vous donc, Joseph? demandèrent en entrant les deux petites filles; nous vous cherchons partout. Le cocher vous attend pour partir, et nous voulions vous dire adieu avant.

— Et puis te donner cela, ajouta Pauline, en mettant une pièce de quarante sous dans la main du jeune homme. J'ai bien peu à t'offrir pour le moment, je dépense tout à mesure;

aussi ne suis-je pas bien riche à cause de cela.

Une vive rougeur colora subitement les joues de Joseph, qui se recula en faisant un profond salut. Son embarras, je dirai plus, sa honte était telle qu'il ne savait quelle contenance tenir devant celle qui lui parlait. Elevé par une famille habituée à travailler pour gagner son pain, il souffrait de la façon la plus horrible. Avez-vous jamais vu, mes jeunes amis, en rentrant le soir, ces malheureux que la lumière du jour effraie, et qui vont le soir mendier quelques sous? C'est un père infirme, c'est une veuve, qui se cachent pour implorer la charité publique, pour obtenir un morceau de pain sans lequel leur enfant va mourir. Si vous saviez combien il leur en coûte pour se faire mendiants! Oh! quand vous en rencontrerez, pitié pour eux, Dieu vous le rendra au centuple. Ne refusez jamais au pauvre; ce malheureux qui vous tend la main, c'est Dieu qui vous demande sous cette forme. Oh! donnez, donnez, Dieu vous voit et vous bénira. Si petite que soit votre aumône, elle peut sauver la vie d'un chrétien. Oui, je vous en conjure, mes enfants, quand vous entendrez ce mot : la charité s'il vous plaît, donnez à cet homme que la misère force à mendier.

Pauline, qui la première devina toute l'humiliation que subissait Joseph, imagina à l'instant même un moyen de le soulager.

— C'est le montant de ce que je vous dois! j'ai pris dans votre boutique plusieurs statues pour notre petite chapelle.

— Mais, mademoiselle, reprit le marchand, ce que vous me donnez serait le prix de ma boutique entière si l'orage n'en avait brisé la meilleure partie. Il ne me restait que huit statues, tout au plus à quatre sous. Voulez-vous reprendre le surplus, s'il vous plaît?

— En ce cas, répondit Pauline, je ne sais comment faire pour vous payer, je n'ai pas de monnaie.

La petite fille le dit d'un air chagrin qui prouvait qu'elle était peinée de ne pouvoir réussir pleinement à lui faire accepter cette modique somme.

Lucie, qui avait entendu tout ce petit colloque, et qui devinait tout ce qui se passait dans le cœur de sa jeune amie, prit à son tour la parole, et regardant sa mère comme pour chercher dans ses yeux un encouragement, ajouta :

— Prenez toujours cet argent, Joseph, vous me donnerez d'autres petits saints quand nous serons chez vous. Vous devez avoir une réserve?

— Eh bien! oui, s'écria Eugénie; il nous manque une sainte Vierge pour le fond de notre chapelle, et deux anges adorateurs pour chaque côté de l'autel.

Madame de Santes, qui voyait encore quelque hésitation dans Joseph, chercha à lever toute difficulté en lui disant :

— Tu n'as peut-être pas chez toi ce qu'on te demande ; mais songe, mon ami, que cela n'est pas nécessaire pour aujourd'hui. Quand tu auras fini ta commande, on ajoutera le reste, s'il y a lieu.

Encouragé par son excellente protectrice, Joseph déposa enfin sa pièce dans sa bourse de peau et la referma avec un air de satisfaction qui n'échappa à aucun des assistants. Le pauvre garçon avait dès lors oublié toutes ses souffrances en pensant que ses parents, cette fois, ne se passeraient pas de souper ; mais quand il fallut se relever de la chaise où on l'avait fait asseoir, il fut obligé de s'appuyer sur le mur avant de pouvoir se remettre en marche. Lucie, qui avait mis son chapeau pour le ramener à Paris, lui proposa son bras pour descendre : elle vit bien à sa démarche qu'il avait besoin d'appui.

— Bon Dieu, mademoiselle, vous me faites vraiment plus d'honneur que je ne mérite ; je le prendrai pourtant, si madame votre mère veut bien me le permettre, car je faillis sur mes jambes.

Le fait est que sa pâleur était telle en ce moment, qu'avant de partir madame de Santes recommanda au cocher de ne point aller trop vite, à cause des secousses qui pourraient le fatiguer; et elle se promit bien d'envoyer le lendemain le médecin pour s'assurer de l'état de son jeune protégé.

— Ma bonne amie, s'écria Pauline quand elle n'entendit plus que le bruit de l'équipage qui s'éloignait, notre promenade nous aura au moins servi à quelque chose de bon, car sans elle nous n'aurions pu reconnaître cet intéressant jeune homme.

— *A quelque chose malheur est bon,* répondit madame de Santes. Il est vrai, mes chères amies, que nos aventures d'aujourd'hui ont eu un bon côté; mais que de choses fâcheuses pouvaient en résulter : les angoisses de votre pauvre mère pendant notre absence suffisent bien, je pense, pour contrister des cœurs aussi sensibles que les vôtres. Vous avez vu au bouleversement de ses traits tout le chagrin que vous lui avez causé.

— Ainsi qu'à vous, ma bonne amie; car je vous supplie de nous permettre de ne plus vous appeler que comme cela, dit Eugénie en se jetant au cou de son excellente institutrice. Nous voulions vous faire des excuses, ma sœur et moi, de vous avoir causé tant de déplaisir ce matin, et vous promettre que nous ne serions plus si volontaires à l'avenir.

— Je vous pardonne bien volontiers, mes enfants, dit madame de Santes en présentant sa joue à Pauline. Viens aussi, ma bonne Eugénie, viens m'embrasser... Je suis heureuse de voir que vous me comprenez si bien; une autre fois mes conseils seront sacrés pour vous. Car, sachez-le bien, mes amies, je ne veux qu'une chose : votre bien à toutes deux.

CHAPITRE V.

LA DESOBEISSANCE DE MES DEMOISELLES DE MARIGNAN FAILLIT AMENER LEUR MORT.

Comme les convives attendus pour le dîner n'étaient point tous arrivés, Pauline et Eugénie demandèrent à leurs parents de s'aller promener dans le parc en attendant le dîner. Les fenêtres du château donnaient sur le jardin ; mais comme il était dessiné à l'anglaise, on ne pouvait distinguer ce qui s'y passait. Il y avait un grand bassin avec un millier de poissons rouges qui faisaient le bonheur de ces demoiselles. Tous les jours, après le dessert, elles portaient la nourriture à leurs petits chéris, comme elles les appelaient, et c'était avec beaucoup de peine qu'on pouvait les garder jusqu'à la fin du dîner.

— Maman, permettez-nous de sortir dans le parc, vous nous ferez avertir pour le dîner.

— Allez, mes enfants, répondit madame de Marignan.

Ce mot était à peine prononcé, que déjà nos deux petites étourdies étaient au bas du perron. Cependant madame de Santes, qui, malgré toutes ses préoccupations d'esprit, ne perdait pas ses élèves un seul instant de vue, leur cria :

— Mesdemoiselles, surtout n'allez point du côté du bassin, la terre est glissante, et vous pourriez tomber dedans.

Puis elle reprit sa conversation avec un grand Monsieur décoré de plusieurs plaques ; c'était le ministre de la guerre : il disait que malheureusement il n'avait pas de nouvelles à lui donner de son mari, et ne lui dissimulait pas les difficultés qu'il redoutait pour l'échange des prisonniers.

— Je pense, disait-il, que l'empereur d'Autriche a grand intérêt à garder le plus longtemps possible les chefs les plus distingués de l'armée française, et à arrêter ainsi la rapidité des conquêtes de S. M. l'Empereur, en lui enlevant des officiers tels que Monsieur votre mari, qui les lui rendraient si faciles et si brillantes !

Cet éloge, qui expliquait les regrets que le ministre concevait de ne pouvoir donner aux

femmes et aux enfants des prisonniers des espérances qu'il n'avait pas lui-même, n'affaiblit
pas cependant le courage de la femme du colonel de Santes. Je dirai même plus : rassemblant
en cet instant toute l'énergie dont elle avait fait
preuve jusqu'alors, elle se souvint de tous ceux
qui partageaient le même sort que son infortuné
mari, et de la promesse qu'elle avait faite une
heure auparavant à Joseph Despel de s'occuper
de son frère lorsqu'elle en trouverait l'occasion.

Elle allait de nouveau prendre la parole,
lorsque des cris perçants saisirent d'effroi l'as-
semblée tout entière, qui se précipita aux fenêtres pour en connaître la cause.

Madame de Santes ne fut pas longtemps à de-
viner que quelque accident était survenu à ses
élèves ; avec la vitesse de l'éclair, elle descendit
le perron, et arrivée au bassin, elle vit Pauline
se débattant dans l'eau et criant de toutes ses
forces.

Bien que la pièce d'eau ne fût pas assez profonde pour qu'elle eût de l'eau plus haut que la
ceinture, cependant quand on perd la tête on
peut se noyer dans une moindre quantité d'eau,
et c'est ce qui serait infailliblement arrivé à
notre petite désobéissante, si on ne fût promptement accouru à son secours. A force de se dé-
battre, elle s'était avancée au milieu du bassin
au lieu de se rapprocher du bord ; Eugénie fai-

sait des efforts incroyables, mais inutiles, pour la tirer d'embarras; ne pouvant aller jusqu'à elle, elle lui tendait le râteau du jardinier, pensant qu'elle pourrait s'y accrocher. Madame de Santes vit bien qu'un semblable moyen devenait insuffisant pour Pauline, à laquelle la frayeur avait fait perdre tout bon sens; aussi, sans calculer le danger qui résulterait pour elle à prendre un bain de cette espèce, elle se jeta dans l'eau sans hésiter, et prenant l'enfant dans ses bras, elle la remit dans ceux de son pauvre père, arrivé aussi et presque au même instant sur le bord du bassin pour assister à l'acte de dévouement de madame de Santes.

On porta la petite fille dans son lit, pendant que d'autres personnes secouraient la marquise de Marignan, qui était tombée sans connaissance.

Aucune de ces dames ne purent assister au repas, M. de Marignan dut seul en faire les honneurs. Cependant madame de Marignan ne tarda pas à reprendre ses sens, mais ce ne fut que pour être témoin du délire de sa malheureuse fille, dont le saisissement avait été tel que malgré tous les soins qu'on s'empressait de lui prodiguer, elle croyait encore aux prises avec le péril, et ces mots : Je me noie, je me meurs, étaient les seuls qu'elle prononçait.

La pauvre Eugénie, questionnée par son in-

stitutrice, avait été forcée d'avouer que, ou-
bliant sa défense expresse, elles s'étaient ren-
dues toutes deux près du bassin; la terre,
mouillée par l'orage du matin, était fort glissante, et en voulant regarder les petits poissons,
le pied de Pauline avait glissé et elle était tombée.

Le moment était bien favorable pour rappeler
encore à Eugénie le malheur d'un caractère
indocile; mais en regardant celle qui en était
si cruellement punie, elle avait l'air si contrit
et si humilié, que madame de Santes ne se sen-
tit pas le courage de réprimander sa jeune
élève. Hélas! il n'est que trop vrai, mes chers
lecteurs, que la plupart de vous ne vous con-
tentez pas des leçons de vos parents qui vous
avertissent doucement de ce qu'il faut éviter;
il vous faut quelquefois de cruels exemples pour
vous instruire et vous corriger de vos défauts.
Que d'accidents seraient ainsi évités, si vous
écoutiez l'expérience des personnes plus âgées
que vous! Je sais un vieil adage qui dit : *Si jeunesse savait, si vieillesse pouvait;* croyez-le, il
a pour lui la consécration des siècles.

Le reste de la soirée se passa bien pénible-
ment pour tout le monde; les invités du château se retirèrent de bonne heure pour laisser
M. de Marignan à sa sollicitude.

Lucie, qui revenait de Paris toute gaie du

succès de sa visite à la famille Despel, ne fut pas peu surprise du désordre qui régnait parmi les gens de la maison : les uns portaient des bassinoires, les autres de la tisane, de l'éther, et toutes ces mille fioles dont la vue seule fait frissonner, tant elles rappellent de souffrances. Partie laissant tout le monde en bonne santé, la pauvre jeune fille éprouva un violent serrement de cœur. Qu'était-il donc arrivé?

Pauline venait de s'assoupir assez paisiblement, le plus profond silence régnait dans sa chambre, madame de Santcs se tenait auprès du lit de la jeune malade, dont elle écoutait avec anxiété la respiration oppressée. Dès qu'elle vit sa fille, elle la prit dans ses bras et la couvrit de ses baisers, sans cependant prononcer aucune parole. Je ne sais rien de plus éloquent que ce silence de deux personnes qui se tiennent embrassées sous le coup du malheur!

— Oh! ma fille, dit-elle enfin en la pressant encore sur son cœur, quelle journée pour nous!

Elle allait continuer, quand la pensée que Lucie ne pourrait supporter les fâcheuses nouvelles qu'elle avait apprises au sujet de son mari, lui fit ajouter simplement :

— Et pour nos amis; quels enfants gâtés! Cependant leur bon naturel me donne toujours de l'espoir.

— Pensez donc à vous, ma bonne mère ; que deviendrions-nous si vous vous rendiez malade. Au nom de Dieu, prenez du repos dont vous avez si grand besoin ; j'irai vous avertir si la malade vous demande... Je vous en supplie, reposez-vous un peu.

— C'est impossible, j'ai promis à madame de Marignan de veiller auprès de Pauline ; sans cette assurance, cette pauvre amie n'aurait pas voulu la quitter, et la secousse qu'elle a reçue a été tellement forte au moment où elle a vu Pauline dans l'eau.

— Comment, dans l'eau ? demanda Lucie.

— Mais oui ! tu ne sais donc pas qu'elle a failli se noyer, et que de là vient son mal et la secousse de madame de Marignan, secousse que je redoute beaucoup pour sa santé.

— Eh bien ! ma mère, vous savez que je m'entends bien à soigner les malades ; quand mon frère a eu la rougeole, je vous aidais. Veuillez me permettre de vous remplacer près de ma jeune compagne ; s'il survenait quelque accident, je vous éveillerais.

— Mais sais-tu, ma fille, que Pauline a le délire ? elle ne souffre personne près d'elle ; sa sœur a été obligée de quitter la chambre. Manette et moi suffisons à peine à la tenir dans ses accès.

— Bonne mère, répondit Lucie, je suis assez

forte pour veiller à votre place. Seulement je
me fais forte de mieux réussir que vous : vos
traits rappellent à Pauline vos bontés et ses
erreurs, et, sans s'en rendre bien compte, votre
vue contribue peut-être à l'exaspérer davantage.

— Je souhaiterais pouvoir t'accorder ce que
tu me demandes ; si ce moyen pouvait réussir,
malgré la fatigue que tu en éprouverais, je te le
permettrais ; mais...

— Et comptez-vous pour rien la vôtre, ma
bonne mère, reprit vivement Lucie... vous ne
voudriez pas nous laisser seuls mon frère et
moi... Oh ! reposez-vous, je vous en prie.

Cette phrase, dite du ton le plus suppliant
et de la manière la plus touchante, finit par
ébranler la résolution de madame de Santes ;
elle pensa aussi qu'il était prudent de changer
ses vêtements, qu'elle avait conservés mouillés
sur elle, occupée uniquement de sa jeune élève.
Cédant enfin à la tendre sollicitude de sa fille,
elle quitta la chambre, laissant Lucie auprès de
la petite malade.

Jusqu'à minuit Pauline dormit assez tranquil-
lement, quand tout-à-coup, se levant sur son
séant, elle s'écria d'une voix altérée :

— Et toi aussi, Lucie, et toi aussi tu es ve-
nue me gronder ; regarde, tu vois bien comme
je suis entourée d'eau...

Puis elle criait :

— Les poissons veulent me mordre les jambes...tiens, tiens, regarde, donne-moi la main... Au secours! au secours! je me noie!...

La femme de chambre s'élançait à la porte pour appeler.

— Restez, Manette, dit aussitôt Lucie; si vous avez l'air effrayé, vous allez lui faire peur.

Puis elle ajouta avec douceur :

— Pourquoi donc veux-tu que je te gronde, petite Pauline; as-tu donc oublié que nous sommes deux bonnes amies? moi qui t'aime tant, je suis là pour te secourir s'il y avait du danger.

— Ah! que dis-tu, est-ce bien vrai? mais non, dit Pauline, et ta maman..., la mienne, papa, ma sœur...

A toutes ces idées incohérentes, Lucie n'opposait que de la patience; si bien qu'après une demi-heure passée dans le délire le plus complet, Pauline finit par comprendre qu'elle n'était plus dans le jardin, mais dans sa chambre avec sa bonne et son amie; alors elle se remit et reprit :

— Et je serai cause que tu vas te rendre malade pour moi. Ah! mon Dieu, que j'ai donc fait de mal avec mes idées volontaires! j'ai donné les plus vives inquiétudes à ma famille, mes amies ne voudront plus me regarder, ne pourront plus entendre parler de moi. Mon

Dieu, pardonnez-moi. Que tout ce que j'ai fait est affreux! Oh! Lucie, embrasse-moi, dis-moi que tu me pardonnes. Dis-moi de belles prières, cela me consolera.

Lucie prit une *Imitation* et l'ouvrit à ces lignes qu'elle lut à la pauvre enfant :

« Rien de tout ce qui est sous le ciel ne me console, si ce n'est vous, ô Seigneur mon Dieu, céleste médecin des âmes, qui frappez et guérissez... »

Ses pleurs tombèrent en si grande abondance en entendant ces mots, et son repentir était si apparent et si sincère, que Lucie pensa qu'il fallait prévenir madame de Marignan du changement heureux et subit qui s'était opéré sur Pauline.

Quelle joie ce fut pour la pauvre mère de voir le mieux spirituel et corporel de sa fille... elle en pleura, elle voulait même rester toute la nuit avec elle; mais Lucie l'en empêcha et ne consentit à se coucher que quand le jour fut arrivé, et que madame de Santes eut pris sa place.

CHAPITRE VI.

BONTÉ DE LA MARQUISE DE MARIGNAN.

Il est des instants dans la vie où notre âme semble anéantie sous le poids de toutes les misères ; les épreuves que nous avons à supporter dans ces moments d'accablement semblent être au-dessus de nos forces, et cependant nous n'y succombons point : c'est une grâce spéciale de Dieu, de Dieu infiniment bon, qui n'envoie jamais à ses créatures de malheur au-dessus de ce qu'elles peuvent soutenir. C'est dans ces moments que les âmes chrétiennes ont le plus besoin de prières ; Dieu parle alors à notre esprit par ses lumières, et à notre cœur par ses inspirations.

O mon Seigneur et mon Dieu! parlez à notre âme, faites-lui connaître vos desseins sur notre salut, et donnez-nous en même temps les moyens de le faire. Mais que votre volonté soit faite!

C'est ainsi que madame de Santes, encore aux prises avec les souvenirs de la veille, aurait été profondément découragée par tous les maux qui semblaient vouloir l'accabler à la fois. Son réveil avait été d'autant plus pénible que sa conversation avec le ministre de la guerre n'assignait plus de terme à sa douleur, relativement à la séparation du meilleur des époux, et lui laissait toutes ses inquiétudes pour son avenir et celui de ses enfants; mais, semblable au pilote qui redouble de vigilance et d'activité au moment de la tempête, elle se leva précipitamment et essaya de donner le change à ses peines en se créant quelques espérances éloignées. Ces espérances que le malheur se crée servent à lutter un instant contre la cruelle impression des déceptions présentes. Puissamment aidée par sa profonde religion, elle ne tarda pas à se sentir plus allégée et plus capable que jamais de remplir les devoirs que sa position d'institutrice lui avait fait contracter à l'égard de la famille de Marignan. Elle arriva dans la chambre de Pauline au moment où le médecin y faisait sa visite; car malgré le mieux de la malade, on avait jugé plus prudent d'aller chercher le médecin à Paris.

Mais quelle ne fut pas la douleur affreuse de ces pauvres parents lorsqu'à différents symptômes le célèbre Corvisart reconnut Pauline atteinte de la fièvre cérébrale.

— La maladie me semble assez bénigne, annonça-t-il, mais il faut dès lors la combattre.

Et il ordonna les sangsues, les ventouses, et tous ces remèdes qui font tant souffrir, mais qui sont si précieux.

A toutes les douleurs causées par ces remèdes violents, Pauline n'opposait que la patience et une extrême douceur; elle ne voulut pas que sa mère restât auprès d'elle, dans la crainte de l'affliger davantage. Pour ne point fatiguer la jeune fille, personne ne put entrer dans sa chambre, excepté madame de Santes, qui se chargea seule de la soigner pendant tout le temps que sa maladie réclamerait sa présence auprès d'elle.

Pendant trois jours le mal, enrayé de bonne heure, ne fit aucun progrès, et le quatrième jour le docteur lui permit un léger bouillon. Elle entra bientôt en convalescence et n'y resta que huit jours. On ne peut s'imaginer de quelles prévenances Pauline était entourée par sa sœur et Lucie! tantôt des fleurs cueillies à son intention, des lectures choisies dans les livres les plus amusants, rien n'était négligé pour lui faire passer le temps agréablement. Le petit *trio* de jeunes filles était charmant à voir, à cause de son union et de l'harmonie qui régnait entre elles.

Lucie de Santes, l'aînée de toutes, n'usait point de son droit d'aînesse pour fatiguer ses compagnes, elle ne faisait que les aider de ses conseils, mais avec tant de douceur et d'aménité, qu'elle semblait plutôt les recevoir.

Pauline paraissait être devenue beaucoup plus docile depuis son accident, plus douce envers ceux qui l'approchaient; on n'avait pas eu le moindre reproche à lui faire. Jamais il ne fut question de l'événement du soir, pareil souvenir aurait pu lui occasionner une rechute. Eugénie elle-même, *la folle de la maison*, comme on l'appelait, était aussi beaucoup plus réfléchie : tendre pour sa sœur, s'occupant sans cesse de prévenir ses moindres désirs, obéissante pour tout le monde, honnête avec les domestiques. C'est qu'un pareil accident qui avait failli coûter la vie d'un enfant donne à penser; ce que de bonnes et douces paroles ne peuvent obtenir, les faits l'obtiennent.

Quinze jours s'étaient écoulés depuis la fameuse promenade à âne; on n'avait jamais parlé de Joseph, lorsqu'un matin madame de Marignan demanda à Pauline ce qu'elle désirait

4

pour sa guérison. Les parents sont si heureux
en de pareils moments, que les plus pauvres se
privent quelquefois de pain pour faire plaisir à
leur enfant qui renaît à la vie.

— Si j'osais, dit la jeune fille, je ne vous de-
manderais pas un présent, mais quelque chose
qui ferait bien plaisir à madame de Santes.

— Voyons, parle, mon enfant, je n'ai rien à
te refuser.

— Eh bien! ma petite mère, puisque vous
voulez bien faire quelque chose pour moi, je
vous supplie d'aller chez ce bon Joseph. Ma
bonne amie a oublié son petit protégé pendant
ma maladie.... Il est sans doute malade, car il
devait rapporter des petites figures que ma sœur
et moi lui avions commandées.

— Eh bien! n'y a-t-il que cela? demanda la
bonne mère.

— Plus encore, maman; si vous pouviez, avec
papa, lui venir en aide... il a de grands besoins,
et sa pauvre famille vous en aura une bien sincère reconnaissance. Les parents doivent être
de braves gens, pour avoir un fils si honnête.

— Mais, mon enfant, ce n'est pas quelques
statuettes que je lui achèterai qui sauveront
cette famille de la misère?

— C'est vrai, bonne mère... Oh! commandez-
lui les statues que vous voulez mettre dans le
parc.

— Hélas! ma pauvre amie, pour cela il faut un artiste, un sculpteur habile, et je ne crois pas que Joseph ait ce talent.

— Vous avez raison, reprit Pauline. Eh bien! pourquoi ma sœur et moi ne nous chargerions-nous pas de son apprentissage chez un artiste?

— Oh! oui, maman, s'écria Eugénie, quelle bonne idée!

Et elle embrassa tendrement sa mère et sa sœur.

Tout cela annonçait dans ces deux jeunes filles des cœurs compatissants et pleins de générosité. Mais les pauvres enfants ne savaient pas que pour être artiste il faut avoir de l'instruction; que Joseph était bien âgé pour entrer au collége, et que pendant ce temps il ne pourrait soutenir ses vieux parents. Madame de Marignan sut le leur faire comprendre, et sans rien dire de ses projets elle se rendit chez Joseph.

Dès qu'elle fut sortie, les deux jeunes filles s'empressèrent de raconter à madame de Santes et à Lucie l'espoir qu'elles avaient d'un meilleur avenir pour Joseph.

Madame de Santes les remercia, en leur faisant observer que leurs moyens étaient bien exigus pour prendre une semblable charge.

Les nouvelles que la marquise de Marignan avait à rapporter sur la santé de Joseph étaient

loin d'être bonnes; ce pauvre garçon n'était
pas encore remis, et, pour comble de malheur,
son père, qui malgré ses infirmités de vieux
soldat n'avait pas cessé un seul jour d'aider
son fils dans ses moulages, ne pouvait plus con_
tinuer. A ses souffrances habituelles s'était
jointe la certitude que son fils était devenu prisonnier des Autrichiens. Dans un âge avancé
les secousses sont funestes, et le vieux Despel
ne pouvait se faire à la pensée qu'il ne reverrait
peut-être jamais son fils aîné.

— Ah! disait-il à madame de Marignan,
j'avais encore bien de l'énergie pour un vieux
soldat de soixante-quinze ans, couvert de blessures ; je pouvais encore consacrer la journée
aux petits travaux qui nous faisaient vivre ; mais
depuis huit jours j'ai perdu tout courage, mes
facultés sont baissées, et je vais être à charge à
ma pauvre femme ! Joseph ne peut sortir, qu'al-
lons-nous devenir ?

— Consolez-vous, mon brave, avait répondu
madame de Marignan, je viens vous apporter
des consolations et l'assurance que nous ne
vous abandonnerons point dans vos peines. Si
vous y consentez, je vais mettre votre enfant
chez le mouleur de l'Empereur, dans quelques
années il sera un habile ouvrier.

Le vieux bonhomme était tellement émer-
veillé qu'il ne répondit rien.

Joseph baisait les mains de la marquise, tandis que la vieille mère pleurait. C'était une scène touchante que celle qui se passait dans le misérable logis de la famille Despel : une femme du grand monde au milieu de pauvres malheureux qu'elle vient secourir. Y a-t-il rien de plus beau que la charité ! Oh ! mes enfants, faites la charité, c'est la plus grande joie que l'on puisse goûter ici-bas.

CHAPITRE VII.

LE MOULEUR DE L'EMPEREUR.

M. DE MARIGNAN était retenu à Paris par ses graves occupations, et ne pouvait que fort rarement venir à Neuilly ; sa famille profita des derniers beaux jours pour se rétablir entièrement. Nos jeunes amies apportèrent une assiduité remarquable à tous les travaux ; plus de désobéissance, d'entêtement, d'heures entières passées dans la paresse et l'ennui d'une vie inoccupée. Toutes les matinées étaient employées aux études ; leur application était devenue si exemplaire que leurs professeurs étaient aussi surpris que charmés des heureux changements qui s'étaient opérés dans leurs élèves. Pauline surtout, autrefois si ingénieuse à trouver des prétextes pour ne rien faire, était toujours la première au travail. Eugénie, douée d'une intelligence plus active que Pauline, avait toujours fini d'apprendre ses leçons avant sa sœur, et quand il lui restait quelques instants, elle courait vite prendre son ouvrage; et à la voir tirer son aiguille et serrer son point, on l'eût prise pour une apprentie à la tâche, chez une ouvrière bien sévère.

Voilà quelle était l'œuvre de madame de Santes !

De son côté, la charmante Lucie avait fait de si rapides progrès sur le piano, que son maître la trouvait en état de donner des leçons. La vue de ses petites compagnes, payant chaque mois l'apprentissage de Joseph, avait fait une vive impression sur elle. Sans envier le bonheur de ses amies, il lui était pourtant pénible de ne pouvoir pas contribuer à cette bonne œuvre. Elle ne pouvait songer sans douleur que son excellente mère, autrefois dans l'aisance, heureuse et fêtée par toutes les femmes des officiers du régiment de son mari, était réduite à recevoir un asile qu'elle payait avec les soins qu'elle donnait à deux enfants. « C'est pour nous, disait-elle, que ma mère se donne tant de peine, et je ne ferais rien pour l'aider et lui procurer

aussi de douces jouissances ! Allons, Lucie, à l'ouvrage ! »

Ainsi arriva l'hiver, qui ramena ces dames à Paris. Madame de Santes, ne voyant pas revenir son mari, conçut les plus vives inquiétudes, et résolut d'aller le rejoindre. Comme ses faibles ressources ne le lui permettaient pas, elle fit entrer Lucie à Saint-Denis, et parvint à se placer elle-même comme institutrice dans une famille allemande, chez le prince de Korniloff. La séparation de madame de Santes et de Lucie fut une scène déchirante : la pauvre mère, combattue entre ses devoirs conjugaux et maternels; la pauvre jeune fille, désespérée de quitter sa mère, de la laisser seule en pays étranger. Madame de Santes partit habiter la Confédération germanique; plusieurs années se passèrent sans qu'elle eût aucune nouvelle de son mari. La famille de Korniloff eut vite reconnu en son institutrice une femme du monde, et ne sut comment lui alléger les chagrins qu'elle avait à endurer. Le prince écrivit à des amis qu'il avait en Autriche, et parvint, non sans peine, à connaître son cantonnement. Il sut que le colonel vivait d'une pension de mille écus que lui faisait le gouvernement; il logeait dans les environs de Vienne avec un jeune sergent qui, malgré toutes les propositions qu'on lui avait faites, n'avait jamais voulu le quitter. Nos lecteurs ont deviné que ce jeune militaire si plein de dévouement n'est autre que Jacques Despel; et ils ne se sont pas trompés.

Aussitôt que madame de Santes eut appris cette bonne nouvelle, elle voulut en faire part au vieux Despel. Le pauvre soldat faillit mourir de joie en apprenant la conduite de son fils. M. de Marignan, informé de la position du colonel de Santes, employa tout son crédit auprès de l'Empereur pour obtenir son échange.

La cour de Vienne, pleine de terreur, consentit, et le colonel rentra en France, non plus avec le sergent Despel, mais le sous-lieutenant Despel, chevalier de la Légion-d'Honneur. La guerre se continuait avec acharnement, l'Autriche appelait à son secours l'armée d'Italie; Napoléon vainqueur entra dans Vienne le 15 novembre 1805.

La bataille d'Austerlitz, la fameuse victoire remportée par l'armée française, comptait au nombre de ses héros le général de Santes, créé comte de l'Empire pour sa belle conduite. Les vieux soldats qui ont pris part à ce beau fait d'armes vous disent :

— Nous avons assisté à trente batailles comme celle-ci, mais nous n'en avons vu aucune où la victoire ait été si éclatante. L'Empereur nous a dit : « Je suis content de vous! vous

avez couvert vos aigles d'une gloire immor-
telle! »

Comme je ne veux pas trop prolonger cette
histoire, je dirai à mes lecteurs que madame de
Santes revint en France avec son mari, que
Lucie quitta Saint-Denis, et que Joseph, devenu
un fort habile mouleur, fut nommé *Mouleur de
S. M. l'Empereur.*

M. et madame de Marignan sont toujours les
amis les plus sincères de la famille de Santes.
Anatole, entré dans l'armée, est devenu un brave
officier.

FIN

TABLE.

FIN DE LA TABLE.

Limoges. — Imp. EUGÈNE ARDANT et Cie.